Der kleine Drache Flitze Feuerzahn

In der Falle

Matthias Riehl

Der kleine Drache

Flitze Feuerzahn

In der Falle

Boje Verlag

Zeichnungen und Einband von Klaus Witt

Erste Auflage 1985

Gesamtherstellung:
Wagner GmbH, Nördlingen
Printed in Germany
ISBN 3 414 17230 5

Inhalt

Das Nest im Wald

Das war ein dichter, finsterer Wald! Und kaum ein Mensch kam je dorthin. Warum kaum ein Mensch dorthinkam? Weil der Wald von Autobahnen ganz umschlossen war.
Kein Wunder, daß es in diesem finsteren Wald aufregende Dinge gab, zum Beispiel das letzte Drachennest der Welt. Zwei riesige geflügelte Drachen hausten dort. Genauer gesagt: sie hatten dort gehaust.
Was Drachen sind? Nun, das weiß schließlich jeder. Es sind sehr gefährliche Wesen, die Feuer speien und einen giftigen Atem haben. Sie sehen aus wie Krokodile, Löwen, Schlangen und Raubvögel in einem, groß und furchterweckend.
Aber es gibt natürlich auch kleine und

ganz kleine. Und in diesem dichten, finsteren Wald ließen böse Dracheneltern ihr Kind, den kleinen grünen Drachen Flitze Feuerzahn, zurück.
Weshalb sie Flitze Feuerzahn zurückließen? Weil ihm keine Flügel gewachsen waren und er nur mit einem Zahn ein bißchen Feuer speien konnte. Außerdem wurde er seit Jahren keinen Zentimeter größer. Was sollte man mit so einem Kind?
Doch zum Glück hatte Flitze Feuerzahn inzwischen ein paar Freunde gefunden: den Raben Raps, die Kinder Stefanie und Jakob und Käpt'n Buddelmann.

Nächtlicher Gänsemarsch

Tagelang hatte sich der Rabe Raps nicht blicken lassen. War er etwa krank? Hatte er eine längere Flugreise unternommen?

Nichts davon, Rabe Raps war nur traurig. Er ließ den Schnabel hängen, als er endlich wieder mal erschien.

„Was ist mit dir?“ fragte Flitze Feuerzahn.

Rabe Raps hockte sich zu dem kleinen grünen Drachen ins Nest und ließ auch noch die Flügel hängen.

„Wir haben alles versucht, aber es hat nichts genützt“, seufzte er.

„Wer hat alles versucht? Was haben alle versucht? Und was hat nichts genützt?“ erkundigte sich Flitze Feuerzahn. Ihn

steckte die Traurigkeit von Rabe Raps so an, daß er nicht mal mit der Schwanzspitze wedelte, obwohl er sich über den Besuch sehr freute.

„Ihm einen Schreck einzujagen“, antwortete der Rabe Raps, „aber dieser Schießer! Man könnte auch sagen: dieser Schei . . . Tagaus, tagein rennt er mit seinem Schießprügel durch den Wald und knallt alles ab, was ihm vor die Flinte kommt.“

Vom Bauern Bum war die Rede. Einen Wald hatte dieser Bauer geerbt und spielte dort Schicksal. Ob die Tiere gesund waren oder nicht, ob Schonzeit war oder nicht.

„Von Hege und Pflege hat der noch nie etwas gehört“, klagte Rabe Raps und fügte hinzu: „Der denkt nur an den Kochtopf und die Bratpfanne – und an sein Jagdvergnügen.“

Rabe Raps erzählte: Zu Hunderten, ja zu Tausenden hätten er und seine Artgenossen in den Bäumen gesessen und geschrien. Doch Bauer Bum hatte sich dadurch nicht stören lassen. Hasen und Rehe wurden niedergestreckt. Sogar auf die Raben habe er das Feuer eröffnet.
„Ihr wolltet ihm also einen Schreck einjagen", überlegte der kleine grüne Drache. „Und das hat nichts genützt."
„Du sagst es."
Flitze Feuerzahn überlegte weiter. „Und wenn ich ...?"
Rabe Raps horchte auf.
„Nun, gar so zum Fürchten sehe ich zwar nicht aus", meinte Flitze Feuerzahn, „aber ein Drache ist doch noch etwas anderes als tausend Raben."
Rabe Raps mußte das zugeben.
„Wenn ich euch helfen kann", bot sich der kleine grüne Drache an, „ich bin bereit."

Rabe Raps lebte sichtlich auf und flog gleich davon, um allen Tieren in Bauer Bums Wald Bescheid zu sagen. Dabei sprach er natürlich nicht mit jedem einzelnen. Stellvertretend für die Rehe wurde die Unterhaltung mit Rehbock Renner geführt und für die Hasen mit Hase Hurtig. Beide genossen weit und breit Vertrauen.

„Wir sollen um Mitternacht dort sein", berichtete Rabe Raps atemlos, als er wieder bei Flitze Feuerzahn war. „Wenn du Erfolg haben solltest, werden dir alle Rehe und Hasen ihr Leben lang dankbar sein."

Flitze Feuerzahn war glücklich, daß er den Rehen und Hasen einen Gefallen tun konnte; denn oft kam er sich ein wenig überflüssig vor.

„Und ist mit dem Bauern Bum am frühen Morgen dann zu rechnen?" fragte er.

Es war mit Bauer Bum zu rechnen. Der

wälzte sich jede Nacht unruhig im Bett herum und träumte nur von Hasen und Rehen.

Die Abenddämmerung brach herein. Rabe Raps hatte ein großes Blatt mitgebracht. Es war zu einer Tüte eingerollt. Und in dieser Tüte gab es Walderdbeeren und Brombeeren und Blaubeeren. Rehbock Renner und Hase Hurtig hatten sie für Flitze Feuerzahn gepflückt.
„So schöne Früchte gibt es hier nicht", lobte Rabe Raps.
Flitze Feuerzahn nickte und aß fast alles allein auf. Aber sie waren ja auch für ihn bestimmt.
Dann machten die beiden drei Stunden lang ein Schläfchen, um sich für die kommenden Ereignisse zu stärken. Punkt zwölf begrüßten sie den Hasen und das Reh auf einer verschwiegenen Lichtung in

Bauer Bums Wald.
„Sehr angenehm", schnarrte Rehbock Renner.
„Von Herzen erfreut", verneigte sich Hase Hurtig.
Beide gingen um Flitze Feuerzahn herum, denn sie hatten ja noch nie einen Drachen gesehen.
„Sehr eindrucksvoll", bemerkte Hase Hurtig.
Rehbock Renner vermißte die Flügel und wollte gerne das Feuerspeien sehen. Doch wenn auch die Flamme nicht groß war, mußte man im Wald vorsichtig sein. Flitze Feuerzahn spie in ein Büschel Gras.
Danach beratschlagten die Tiere, wie Bauer Bum beizukommen sei. Sie wußten ja, daß er immer eine Flinte bei sich trug. Die würde er hoffentlich vor Schreck fallen lassen. Wenn das geschah, flog Rabe

Raps schnell damit davon ...
Aber Rehbock Renner gab zu bedenken, daß Bauer Bum wahrscheinlich mehrere Flinten besaß, außerdem sei in der Stadt ein Flintengeschäft.
„Er muß so erschrecken, daß er nie wieder diesen Wald betritt", krächzte Rabe Raps.
Jawohl, so sollte es sein.
„Aber wenn er nun Flitze Feuerzahn eins aufbrennt?" warf Hase Hurtig ein.
Rabe Raps klopfte mit dem Schnabel auf Flitze Feuerzahns Rücken. „Faßt mal diese Haut an! Das ist echte Drachenhaut." Und er fuhr fort: „Da gehen weder Schrotkörner noch Kugeln durch."
Jetzt mußte man sich klar darüber werden, wo Bauer Bum am besten zu erschrecken sei. Rabe Raps schlug eine Brombeerhecke am Waldrand vor.
„Dann sehen wir uns diese Stelle gleich

mal an“, entschied Rehbock Renner.
Hase Hurtig war einverstanden. „Aber bitte im Gänsemarsch. Rehbock Renner geht voran.“
Flitze Feuerzahn wußte nicht, was ein Gänsemarsch war. Rabe Raps erklärte es ihm. Doch warum sollte einer hinter dem anderen gehen?
„Wegen der Fallen“, unterrichtete Hase Hurtig den kleinen grünen Drachen.
Tatsächlich. Überall im Wald waren Fallen versteckt. Auch mit ihnen bedrohte Bauer Bum das Wild.
„Wer nur mit einem Fuß in eine Falle tritt ...“, sagte Rehbock Renner; er sprach lieber nicht weiter.
Flitze Feuerzahn erschrak. „Ist das denn erlaubt?“
Selbstverständlich war es nicht erlaubt.

In der Falle

So marschierten die drei durch den dunklen Wald. Rabe Raps flog über ihnen. Es knackte im Unterholz; es raschelte in den niedrigen Zweigen der Bäume. Vorsichtig ging Rehbock Renner voran. Denn aus einer zugeschnappten Falle kam niemand mehr heraus.

„Alles okay?" Rehbock Renner drehte sich nach den anderen um.

Hase Hurtig murrte. Ihm kam der Weg endlos vor.

Doch Flitze Feuerzahn genoß den nächtlichen Marsch. Das war einmal etwas anderes, als allein im dunklen Nest zu hocken. Und es roch im Wald von Bauer Bum besonders gut. Flitze Feuerzahn war so glücklich, daß er beim Laufen mit der

Schwanzspitze hin und her wedelte. Ja, und dann war es geschehen.
„Aua!“ schrie der kleine grüne Drache. Ein rasender Schmerz durchzuckte seinen Schwanz. Er saß in einer Falle fest.
Dem Raben Raps verschlug es das Gekrächz. Dann war er sofort am Boden und streichelte den Drachenkopf mit seinen Flügeln. „Es war meine Schuld, Flitze“, klagte er. „Es war allein meine Schuld. Kannst du mir noch mal verzeihen?“
Nur mühsam brachte Flitze Feuerzahn ein Wort heraus: „Wieso?“
„Weil ich dir daheim nichts von den Fallen gesagt habe. Du hättest es dir dann vielleicht überlegt.“
Rehbock Renner meinte, daß die Schuldfrage im Augenblick recht überflüssig sei. Man müsse schnell etwas unternehmen, um Flitze Feuerzahn zu helfen.

„Aber ich denke, er hat eine so dicke Haut“, warf Hase Hurtig ein. „Warum tut es dann so weh?“

Auch diese Frage war überflüssig.

Außerdem hatte der kleine grüne Drache gerade an der Schwanzspitze eine ziemlich dünne Haut. Sie und sein Bauch waren seine empfindlichen Stellen.

„Vielleicht kriegen wir die Falle mit vereinten Kräften auf“, überlegte Rabe Raps.

Doch Hase Hurtig fühlte sich seit Wochen krank.

„Unmöglich.“ Rehbock Renner schüttelte den Kopf. Seine Eltern hatten dies einmal vergeblich bei seinem jüngeren Bruder versucht. Er ersparte sich einen näheren Bericht.

„Dann heißt das also ...“ Rabe Raps wurde die Kehle trocken.

„Aua“, stöhnte Flitze Feuerzahn noch einmal.

„Und wenn er sich die Falle selber mit einem Feuerstrahl durchbrennt?“ meldete sich Hase Hurtig.
Solch einen Vorschlag hätte er getrost für sich behalten können. Einmal kam der kleine grüne Drache mit dem Kopf gar nicht an die Schwanzspitze heran, zum anderen war die Falle ja nicht aus Holz.
„Es gibt nur eins.“ Rehbock Renner hockte sich neben Flitze Feuerzahn ins Gras und griff nach dessen rechtem Vorderfuß. „Du mußt durchhalten, Flitze“, sagte er.
Was meinte Rehbock Renner mit „durchhalten“? Weder Rabe Raps noch Hase Hurtig noch Flitze Feuerzahn konnte sich darunter etwas vorstellen.
Der kleine grüne Drache sollte bis zum Morgen durchhalten, bis Bauer Bum ihn fand.

„Und damit das schneller geht, Flitze“, rief Rehbock Renner, „wimmerst du laut vor dich hin.“

War Rehbock Renner von Sinnen? Wollte man den kleinen grünen Drachen wehrlos Bauer Bum ausliefern? Das wäre doch sein sicherer Tod!

Rehbock Renner drückte wieder Feuerzahns Rechte. „Wir müssen auf ein Wunder hoffen, Freunde. Feuerzahn ist ja kein Reh.“

Was ging nur in Rehbock Renners Kopf vor? Wo sah er die Spur einer Hoffnung für Flitze Feuerzahn?

„Es könnte ja sein“, begann Rehbock Renner zu erklären, „es könnte schließlich sein, daß sich Bauer Bum für einen Drachen interessiert. Und wenn er keine Angst vor ihm zu haben braucht ...“

„Was dann?“ rief Rabe Raps.

„Dann nimmt er sich den Drachen vielleicht mit, und zwar lebendig. Tot ist er nicht viel wert."

Rehbock Renner war doch ein schlauer Bursche. Aber das wußte man ja ringsumher. Natürlich! Man mußte warten, bis Bauer Bum mit Flitze Feuerzahn zu Hause war. Dort könnte man den Gefangenen vielleicht befreien.

„Leicht wird es nicht", fügte Rehbock Renner hinzu. „Aber wie gesagt, es kann auch mal ein Wunder geschehen."

„Nur sprechen würde ich mit diesem Schei ..., diesem Schießer nicht, Flitze", beschwor Rabe Raps den kleinen grünen Drachen.

Auf keinen Fall durfte Flitze Feuerzahn sprechen. So interessant sollte er nun auch wieder nicht sein.

„Sonst verkauft er ihn noch an einen Zirkus!" gab Hase Hurtig zu bedenken. Er hatte von Kaninchen gehört, die dort für

Zauberer tätig waren.
Es wurde langsam hell.
„Wir leisten unserem armen Flitze Feuerzahn noch ein halbes Stündchen Gesellschaft“, ordnete Rehbock Renner an. „Und dann verschwinden wir hier im Unterholz.“
Der kleine grüne Drache bat, ihm so lange ein paar Geschichten zu erzählen. Vielleicht waren die Schmerzen dann leichter zu ertragen.
Diese Bitte wurde erfüllt. Der eine erzählte von Schmetterlingen und Libellen, der andere von Eidechsen und Bienen und Rabe Raps von Adlern und Störchen, die er sehr bewunderte.
„Soll ich mal klappern wie ein Storch?“ fragte er.
Der kleine grüne Drache verzichtete darauf. Er klapperte ja selbst am ganzen Leib.

Ein schlimmer Morgen

Das halbe Stündchen wurde zu einer Ewigkeit für Flitze Feuerzahn, weil er immerzu an den Bauern Bum denken mußte. Vielleicht hatte dieser doch so große Angst vor Drachen, daß er einfach einen Knüppel nahm und ... Flitze Feuerzahn lief es eiskalt über die Drachenhaut.

„Aber wir sind doch in der Nähe“, beruhigte ihn Rehbock Renner.

In der Nähe, in der Nähe! Was nützte das in solch einem Fall?

„Wenn er so was macht, hacke ich ihm den Kopf kaputt!“ krächzte Rabe Raps. Und obwohl er rabenschwarz war, schimmerte sein Gefieder plötzlich ein wenig rot, so sehr regte er sich auf.

„Und ich ... und ich ...“, rief Hase Hurtig.

Doch es fiel ihm nicht ein, wie er den Bauern angreifen könnte.
Aber Rehbock Renner war ja auch noch da.
„Ich spieße ihm meine Hörner in den Bauch, wenn es zum Schlimmsten kommen sollte", erklärte er. „Dann ist mir alles ganz egal."
Zwei spitze Hörner besaß der Rehbock Renner, er war noch ein junger Bock. Später würde sich das Gehörn gabeln, dann zum Sechsender, zum Achtender, vielleicht sogar zum Zehnender werden. Von einem so herrlichen Geweih träumte der Rehbock Renner oft.
„Das hättest du eigentlich schon längst tun sollen", meinte Rabe Raps. „Dann wäre euer Wald von diesem Unhold befreit."
Rehbock Renner winkte ab. Es sei nicht recht, ein menschliches Wesen mit Vorbe-

dacht anzugreifen, entgegnete er. Nur in einem akuten Notfall und im Affekt könne er sich so was denken.
Hase Hurtig wollte wissen, was die Worte „akut“ und „Affekt“ bedeuteten. Rabe Raps erklärte es ihm. „Rehbock Renner meint eine überraschende Situation“, sagte er, „in der es bei ihm dann eine heftige Gemütsbewegung gibt.“
„Aha“, erwiderte Hase Hurtig, aber so ganz klar war es ihm dennoch nicht. „Und wenn der Bauer ihm mit seiner Flinte zuvorkommt?“ wagte er einzuwerfen.
Alle schwiegen. Nur der kleine grüne Drache wimmerte leise vor sich hin. Ihm tat sein Schwanz fürchterlich weh. Das Eisen der Falle brannte wie Feuer.
„Es gibt natürlich noch eine andere Möglichkeit“, sagte Rehbock Renner schließlich. Bisher hatte er daran nicht zu denken gewagt.

Was Rehbock Renner nun überlegte? Die Falle hatte etwa zehn Zentimeter vor Flitze Feuerzahns Schwanzspitze zugeschnappt. Und da der kleine grüne Drache den Schwanz nicht zum Gehen brauchte, da dieser also in seiner ganzen Länge vielleicht überflüssig war ...

„An was denkst du?“ schnarrte Rabe Raps.

„An Flitzes Schwanz.“ Rehbock Renner sprach nicht weiter. Er traute sich nicht, vor dem kleinen grünen Drachen von seiner Idee zu reden. Er nahm wieder Flitzes Vorderfuß und streichelte ihn.

„Gestattest du, daß Hase Hurtig dir einen Augenblick die Ohren zuhält? Wir wollen etwas besprechen, dem du nachher zustimmen kannst oder nicht.“

Flitze Feuerzahn gestattete es. Hase Hurtig setzte sich behutsam auf den Drachenkopf und hielt ihm mit den Pfoten die

Ohren zu.
„Nun sag schon, was du vorhast“, drängte Rabe Raps.
Rehbock Renner hatte sich überlegt, ob man Flitze Feuerzahn nicht die Schwanzspitze abschneiden sollte. Dann konnte er die Flucht ergreifen, bevor Bauer Bum erschien. Und dieser würde nur eine Drachenschwanzspitze in seiner Falle finden, was ihm nichts nützte und ihm dennoch einen Schreck einjagen könnte.
„Er wird dann glauben, daß es hier Krokodile gibt“, fügte Rehbock Renner hinzu.
Die Schwanzspitze abschneiden! Rabe Raps hielt den Atem an. Hase Hurtig schnappte nach Luft.
„Und wie, bitte sehr?“ fragte Rabe Raps endlich. „Vorausgesetzt, daß mein Freund mit dieser Operation einverstanden ist.“

Rehbock Renner wies mit seinen Hörnern auf den scharfen Schnabel von Rabe Raps. „Damit müßtest du einen Drachenschwanz durchwetzen können.“
Rabe Raps schüttelte sich. Der Gedanke, die Schwanzspitze von Flitze Feuerzahn durchzuwetzen, war ihm schrecklich. Auch wenn er damit dem kleinen grünen Drachen zur Freiheit verhelfen konnte.
„Verlange von mir, was du willst“, sagte er nach einer Pause, „aber das kann ich nicht.“ Jetzt war er nicht mehr rötlich vor Aufregung, sondern leichenblaß. Auch Hase Hurtig hatte ein fahles Gesicht bekommen, und sein Fell sträubte sich.
„Es war ja nur so ein Gedankengang“, entschuldigte sich Rehbock Renner. „Nur sozusagen eine Anregung zu einer Verzweiflungstat.“
Hase Hurtig nahm die Pfoten von Flitze Feuerzahns Ohren.

„Nun?“ fragte der kleine grüne Drache. „Was habt ihr besprochen? Und wobei kann ich zustimmen oder nicht?“
Hase Hurtig rutschte von ihm herunter und schlug ein paar Purzelbäume, um ihn zu erheitern.
„Es war nichts Wichtiges“, antwortete Rabe Raps. „Bitte, frage nicht danach.“

Ringsum begann der Wald zu erwachen. Die Tannen streckten ihre Zweige der aufgehenden Sonne entgegen. Die Ameisen marschierten aus ihren Hügeln heraus, um die frische Morgenluft zu genießen, und hier und da probte ein Vogel einen ersten Ton.
„Es wird langsam Zeit, daß wir uns verziehen“, meinte Rehbock Renner und blickte noch ein paarmal zu Flitze Feuerzahns Schwanzspitze hin.

„Ist was?“ fragte der kleine grüne Drache.
Rehbock Renner erhob sich und witterte. Er roch es meilenweit, wenn ein Mensch in der Nähe war.
„Kommt er schon?“ erkundigte sich Rabe Raps.
Nein, noch war von Bauer Bum nichts zu riechen.
Dieser hatte sich gerade aus seinem Bett gewälzt und wusch sich den kahlen Kopf.
Bauersfrau Bum fuhr hoch. Das Plätschern hatte sie geweckt. „Sag mal, was machst du denn da in aller Frühe? Es ist noch längst nicht Tag.“
Bauer Bum brummte vor sich hin. Er sprach morgens nicht gern mit seiner Frau.
„Ich hatte einen so schönen Traum“, beschwerte sich Frau Bum.

Auch ihr Mann hatte schön geträumt, von Hasen und Rehen nämlich. Deswegen war er auch aufgestanden. Er leckte sich die Lippen. „Hast du nicht Appetit auf eine Rehkeule?" fragte er.
Bauersfrau Bum hatte auf gar nichts Appetit. Ärgerlich musterte sie ihren Mann, der jetzt vor dem Spiegel Kniebeugen machte.
„Was soll der Unsinn?" meckerte sie. „Es ist noch nicht einmal vier."
Bauer Bum hörte nicht hin. Aber da er vor seinem Pirschgang in den Wald etwas im Magen haben wollte, trat er an das Ehebett und zog seiner Frau die Decke weg, was er jedoch gleich bereuen sollte. Denn Frau Bum griff nach einer Fliegenklatsche, die stets auf ihrem Nachttisch lag. Und schon hatte sie ihrem Mann eins übergezogen.
„Du bist wohl nicht bei Trost, Frau!"

schimpfte ihr Mann und verließ das Schlafzimmer, um sich selbst das Frühstück zu machen. Vergnügt pfiff er ein Lied, denn das morgendliche Schießen im Wald war ein Mordsspaß für ihn. „Bum, bum, bum!“ sang er. „Die Rehe fallen um.“

Draußen auf dem Mist krähte der erste Hahn, und im Hühnerstall fing ein Huhn zu gackern an. Bauer Bum strahlte über das ganze Gesicht und freute sich auf ein Frühstücksei.

In dieser Minute verabschiedeten sich Rehbock Renner, Hase Hurtig und Rabe Raps von Flitze Feuerzahn.

„Alles Gute“, wollte Hase Hurtig sagen, doch dann kam ihm das zu dumm vor.

„Kopf hoch, Feuerzahn!“ ermunterte Rehbock Renner.

Und Rabe Raps tröstete: „Vergiß nicht, daß ich im Notfall kräftig hacken kann.“

Alle drei nickten dem kleinen grünen Drachen noch einmal herzlich zu und schlüpften in ein nahegelegenes Unterholz. Die dichten Äste dort boten ein gutes Versteck. Aber die drei mußten natürlich mucksmäuschenstill sein, wenn der Bauer erschien. Ob er überhaupt nach seinen Fallen sah? Aber Flitze Feuerzahn sollte ihn ja durch sein Wimmern herbeilocken. So war es schließlich abgemacht.

Bauer Bum ist gar nicht dumm

Zunächst fiel Bauer Bum beinahe ohnmächtig um, als er Flitze Feuerzahn sah. Doch dann merkte er, daß dieser ja in der Falle saß. Flugs rannte er nach Hause, um ein paar Stricke zu holen. Mit ihnen verschnürte er zunächst Flitze Feuerzahns Vorderbeine, dann band er ihm das Maul zu. Daraufhin kam ein langer Strick um den Hals des Drachen.

Bauer Bum öffnete die Falle. „Abmarsch, Freundchen!“ sagte er und stieß mit dem Stiefel gegen den Drachenschwanz.

Flitze Feuerzahn hüpfte auf den Hinterbeinen hinter ihm her.

Auf dem Hof daheim sah sich Bauer Bum den kleinen grünen Drachen genauer an. Er band ihm auch noch die Hinterbeine zu-

sammen und schleppte ihn in einen Schuppen.
„Hier wirst du keinen Schaden anrichten, Freundchen", lachte er und wies auf die vergitterten Fenster des Schuppens. „Auch wenn du vielleicht ein Entfesselungskünstler bist."
Die Bauersfrau wurde geholt. „Seit wann haben wir Krokodile in unserem Wald?" fragte sie.
Ihr Mann zeigte auf Flitze Feuerzahns Vorderbeine.
„Dann kann es nur ein Drache sein", sagte seine Frau.
Ein Drache? Bauer Bum kratzte sich am Hals.
„Ja, diese vorsintflutlichen Biester, die man in Sagen und Märchen auf Bildern sieht."
Bauer Bum erinnerte sich an seine Kinderzeit.

„Am besten kennen sich damit die Wissenschaftler aus", meinte seine Frau. „Die von der Universität."
Bauer Bum hatte mit Wissenschaftlern nicht viel im Sinn, schon gar nicht in diesem Fall.
„Und wenn sie dir eine Urkunde geben? Jawohl, wir melden diesen Fang der Universität", beharrte seine Frau. Sie trat ein paar Schritte in den Schuppen. „Aufräumen könntest du hier auch mal. Und wechsle endlich die kaputten Fensterscheiben aus."
Immer hatte Frau Bum etwas zu meckern. Ihr Mann ertrug dies nun schon seit zwanzig Jahren. Doch seit einiger Zeit muckte er auf. „Das ist mein Jagdschuppen, und der bleibt, wie er ist!"
Frau Bum drehte sich auf dem Absatz um. „Jetzt suche ich die Nummer der Universität."

Bauer Bum hielt sie zurück, weil er eine geniale Idee hatte, wie er fand. „Du warst doch schon mal auf einem Jahrmarkt", fing er an.
Natürlich war Frau Bum schon mal auf einem Jahrmarkt. „Nun spuck schon aus!" drängte sie.
„Ich denke an Kuriositäten", erwiderte ihr Mann. „Die gibt es auf fast jedem Jahrmarkt oder Rummelplatz."
Was Bauer Bum mit „Kuriositäten" meinte? Zum Beispiel Schweine mit vier Ohren oder Kälber mit zwei Köpfen oder buntgefärbte Gänse.
„Auf jeden Fall ist das hier eine Kuriosität", sagte er und trat Flitze Feuerzahn auf den Schwanz.
Der kleine grüne Drache kniff das Maul zusammen. Bauer Bum hatte genau die Stelle getroffen, an der vorher die Falle gewesen war.

Frau Bum tippte mit dem Finger an ihre Stirn. „Du willst doch nicht etwa Schausteller werden und mit dem Vieh herumziehen!"

Keineswegs wollte Bauer Bum Schausteller werden und mit dem kleinen grünen Drachen herumziehen. Aber er konnte ihn ja an jemanden verkaufen, der Flitze Feuerzahn den Leuten für Geld zeigte.

„Was hältst du davon, Frau?" fragte er.

Die Bauersfrau dachte nach und rechnete. Soviel wie für ein Schwein würde man bestimmt bekommen, vielleicht sogar soviel wie für eine gute Kuh.

„Das Vieh ist hundert Kühe wert", lachte Bauer Bum.

„Hundert Kühe?" Wieder tippte sie an ihre Stirn. „Daß du niemals auf dem Teppich bleiben kannst!"

Aber die Idee war wirklich nicht schlecht.

Zur Universität konnte man noch immer gehen, wenn sich kein Schausteller fand.
Die beiden verschlossen den Schuppen. Erst am Abend ließ sich Bauer Bum wieder dort sehen.
„Aha“, sagte er. „Soso“, sagte er. „Na ja“, sagte er. Er ging mehrmals um Flitze Feuerzahn herum, damit er ihn am nächsten Tag besser beschreiben konnte. An irgendwas zu essen oder zu trinken für den kleinen grünen Drachen dachte er nicht.

Flitze Feuerzahns Magen knurrte in der Nacht. Flitze Feuerzahns Zunge sehnte sich nach einem Tropfen Wasser. Und sein Herz schlug schnell vor Angst.
Wo war nur der Rabe Raps? Wo Rehbock Renner? Wo Hase Hurtig? Waren sie Bauer Bum denn nicht gefolgt?

Pulver und Feuerzahn

„Hallo, Flitze!“ krächzte es im Morgengrauen. Rabe Raps saß auf dem Fenstersims. Endlich!

„Ich konnte nicht eher kommen, weil es zu gefährlich war.“ Rabe Raps hüpfte in den Schuppen hinein und besah sich die Stricke. „In fünf Minuten bist du frei.“

Es dauerte zwar sieben Minuten, aber dann war es geschafft: Rabe Raps hatte sämtliche Stricke mit dem Schnabel durchgewetzt.

Der kleine grüne Drache streckte sich und öffnete mehrfach das Maul. „Wo sind Rehbock Renner und Hase Hurtig?“

„Gleich hinterm Schuppen. Ich rufe sie.“

Rabe Raps flog auf das Fenstersims und krächzte dreimal leise. Rehbock Renner und Hase Hurtig kamen rasch heran. Flitze Feuerzahn konnte nur den Kopf von Rehbock Renner sehen. „Sie wollen mich als Kuriosität verkaufen“, jammerte er. Die drei anderen wußten Bescheid. Hase Hurtig hatte mit seinen langen Ohren jedes Gespräch im Bauernhaus belauscht, auch so manches Telefongespräch. „Aber noch hat keiner angebissen“, beruhigte er Flitze Feuerzahn.

Und wenn nun an diesem Tag jemand anbiß? Wenn sie einen guten Käufer fanden?

Verzweifelt blickte der kleine grüne Drache zu dem vergitterten Fenster hinauf. Zwischen den Eisenstangen konnte sich vielleicht gerade noch der Hase Hurtig durchzwängen, aber er? Der Raum zwischen den Eisenstäben bot nicht einmal seiner Schnauze Platz.

„Was ist das eigentlich für ein Schup-

pen?" hörte er Hase Hurtig draußen fragen.
„Ein Jagdschuppen", rief Flitze Feuerzahn hinaus.
Ein Jagdschuppen? Rabe Raps dachte nach. „Es könnte genausogut ein Geräteschuppen sein", murmelte er.
Aber für Bauer Bum war es eben ein Jagdschuppen, weil er dort das erlegte Wild aufzuhängen pflegte.
„Werden da vielleicht Flinten aufbewahrt?" wollte Rehbock Renner wissen. „Ich kann von hier aus leider nicht alles übersehen."
Rabe Raps und Flitze Feuerzahn verneinten, von Flinten keine Spur.
„Mit einer Flinte könnte man nämlich das Türschloß aufschießen", meinte Rehbock Renner. Diese Überlegung nützte jedoch nichts. Oder doch?
„Wenn auch keine Flinten da sind, so

könnte es hier vielleicht Patronen geben“, vermutete Hase Hurtig.
Es gab tatsächlich Patronen, ein ganzes Regal voll, mindestens tausend Stück.
Hase Hurtig stellte die Ohren auf. Er tat das nicht nur, wenn er besser hören wollte. Bei ihm zeigte dies auch einen wichtigen Gedanken an. Rehbock Renner sah es sofort. „Hast du einen Plan?“
Hase Hurtig hatte einen ganz phantastischen Plan. Doch er rückte nur zögernd damit heraus, weil die Angelegenheit nicht ungefährlich war. „Was ist in Patronen drin?“ fragte er.
Nun, was sollte schon in Patronen drin sein? In Gewehrpatronen Kugeln und in Schrotpatronen kleine Bleikugeln, nämlich Schrot.
„Ich meine, was außerdem in jeder Patrone steckt? Wodurch der Schrot oder die Kugeln fliegen können?“

Durch das Pulver natürlich.
„Richtig", lobte Hase Hurtig und schlug vor, ein Dutzend Patronen zu öffnen und das Pulver herauszunehmen. „Dies schütten wir auf das Fenstersims und zünden es an", sagte er ganz ruhig, als ob es die einfachste Sache der Welt sei. Er setzte hinzu: „Bums ist das Gitter weg. Wir brauchen bloß Flitzes Feuerzahn!"
Bloß Flitzes Feuerzahn! Und was war mit Flitzes Kopf? Bums war nicht nur das Gitter in die Luft geflogen, sondern auch der grüne Drachenkopf.
„Im Prinzip aber hat Hase Hurtig recht", stellte Rehbock Renner anerkennend fest und fügte hinzu: „Du bist schlauer als ein Fuchs." Das Wort Fuchs hörte Hase Hurtig nicht so gern.
Jetzt mußte man nur noch einen Weg finden, das Pulver ohne Gefahr für Flitze Feuerzahn zu entzünden. Rehbock Ren-

ner fand die Lösung. „Zuerst einmal Pulver sammeln!“ bestimmte er.
Rabe Raps flog in den Schuppen und knackte eine Patrone nach der anderen auf. Natürlich wollte ihm Flitze Feuerzahn dabei helfen, doch sein Freund lehnte ab. „Du weißt, daß du mit deinen Zähnen manchmal Schwierigkeiten hast. Außerdem, denk an den Feuerzahn!“
„Und nun?“ fragte Hase Hurtig, der von draußen beobachtete, wie Pulver auf das Fenstersims gehäuft wurde.
Rehbock Renner bat, ihm einen kleinen trockenen Zweig zu reichen, der auf dem Boden lag. „Den zündet Flitze an“, erklärte er, „und Rabe Raps fliegt vor dem Fenster hoch und läßt das Zweiglein fallen.“
Und läßt das Zweiglein einfach fallen! Was war der Rehbock Renner doch für ein kluger Kopf!

Nichts wie weg!

Es machte Bums! So laut, daß der Bauer und seine Frau aus dem Bett fielen, jeder nach der anderen Seite, doch nicht wegen des Luftdrucks, nur vor Schreck.
Der Luftdruck wirkte sich allein beim Schuppen aus. Flitze Feuerzahn hatte sich in die hinterste Ecke des Schuppens verkrochen und die Vorderbeine über das Gesicht gelegt. Rehbock Renner und Hase Hurtig duckten sich zwanzig Meter entfernt auf die Erde.
Es flog nicht nur das Gitter heraus; es flog auch ein Stück des Mauerwerks hinterher. So konnte der kleine grüne Drache bequem ins Freie gelangen. Alle drei herzten und drückten sich. Flitze Feuerzahn hatte Tränen in den Augen, denn bei Rabe Raps

waren ein paar Schwanzfedern angesengt.
„Jetzt aber nichts wie weg!“ befahl Rehbock Renner. „Ich wittere Gefahr!“
Bauer Bum und seine Frau rannten aus dem Haus. Im Nachthemd stürzten sie zum Schuppen hin.
„Feuer! Hilfe! Feuer!“ schrie die Bauersfrau. Aber von Feuer war weit und breit nichts zu sehen. Es hatte nur den großen Knall gegeben, weiter nichts.
„Halt den Mund, Frau!“ schrie Bauer Bum und versuchte, die Tür zu öffnen. Sie war verklemmt. Er lief um den Schuppen herum und sah die Bescherung.
„Potzblitz!“ schimpfte er vor sich hin. „Jetzt haben sie mir das Vieh gestohlen.“
Rabe Raps saß zehn Meter weiter in einem Baum und hörte jedes Wort.

Als Rabe Raps ein paar Stunden später wieder im Wald war, erzählte er, was er sonst noch alles gehört hatte.
„Ist das wirklich wahr?“ fragte Flitze Feuerzahn.
Was dem kleinen Drachen so wundersam vorkam? Bauer Bum und seine Frau wollten den Wald sofort verkaufen.
„Mann“, hatte die Frau gejammert, „vielleicht hat sich das Ungeheuer auch selbst befreit und ist in den Wald zurück!“
Und Bauer Bum hatte plötzlich geschlottert vor Angst, denn womöglich gab es noch Hunderte solcher Drachen, die jetzt alle Rache nehmen würden.
„Und nicht nur kleine, sondern auch große, die Feuer speien!“ hatte Frau Bum befürchtet und gerufen: „Noch heute wird verkauft!“
„Weißt du, an wen der Wald verkauft werden soll?“ strahlte Rabe Raps. „An Förster

Redlich!“

Er setzte sich zu Flitze Feuerzahn ins Nest. „Übrigens, der heißt nicht nur Redlich, nein, der ist auch so!“